HOTEL DROUOT, SALLE N° 9

Collection de M. MATHIOT

ANCIENNES FAÏENCE

Françaises et Étrangères

PORCELAINES ANCIENNES

Objets des XVe et XVIe Siècles

ET AUTRES

EXPOSITION PUBLIQUE

Le Dimanche 8 Avril 1900

De 1 heure 1/2 à 5 heures 1/2

Me G. DUCHESNE
COMMISSAIRE-PRISEUR

M. CAILLOT
EXPERT

9 Avril 1900. V

VENTE

Des Lundi 9 et Mardi 10 Avril 1900

A DEUX HEURES

HOTEL DROUOT, SALLE N° 9

Collection de M. MATHIOT

ANCIENNES FAÏENCES

Françaises et Étrangères

PORCELAINES ANCIENNES

Objets des XVe et XVIe Siècles

ET AUTRES

EXPOSITION PUBLIQUE

Le Dimanche 8 Avril 1900

De 1 heure 1/2 à 5 heures 1/2

Me G. DUCHESNE	M. CAILLOT
COMMISSAIRE-PRISEUR	EXPERT
Rue de Hanovre, n° 6	Rue Lafayette, 17

PARIS — 1900

IMPRIMERIE MAULDE ET RENOU

MAULDE, DOUMENC & Cie

IMPRIMEURS DE LA COMPAGNIE DES COMMISSAIRES-PRISEURS

Rue de Rivoli, 144

CATALOGUE

DES

ANCIENNES FAÏENCES

Françaises et Étrangères

NEVERS, ROUEN, MOUSTIERS, MARSEILLE, STRASBOURG, LILLE
LES ISLETTES, SCEAUX, PRÉ-D'AUGE, VARAGES

ITALIENNES, ALLEMANDES, ESPAGNOLES, ETC.

Nombreuse suite de Plats, Assiettes, Potiches, Bouteilles et Pièces de formes
En ancienne faïence de Delft

PORCELAINES ET VERRERIE ANCIENNES

TRÈS JOLIE FRISE EN PLOMB DU XVIe SIÈCLE

TRÈS BEAU GROUPE EN BOIS SCULPTÉ DU XVe SIÈCLE

Cuivres et Objets divers

Composant la Collection de M. MATHIOT

DONT LA VENTE AURA LIEU A PARIS

HOTEL DROUOT — SALLE N° 9

Les Lundi 9 et Mardi 10 Avril 1900

A DEUX HEURES

Me G. DUCHESNE	**M. CAILLOT**
COMMISSAIRE-PRISEUR	EXPERT
Rue de Hanovre, n° 6	Rue Lafayette, n° 17

Chez lesquels se distribue le catalogue

EXPOSITION PUBLIQUE

Le Dimanche 8 Avril 1900, de 1 heure 1/2 à 5 heures 1/2

PARIS — 1900

CONDITIONS DE LA VENTE

Elle sera faite au comptant.

Les acquéreurs paieront **cinq pour cent** en sus des adjudications.

Aucune réclamation ne sera admise une fois l'adjudication prononcée.

MAULDE, DOUMENC et Cie, imp. de la Cie des Commissaires-Priseurs
rue de Rivoli, 144. 400—87710

DÉSIGNATION

ANCIENNES FAIENCES DE NEVERS

1 — **Nevers.** Plaque ovale en hauteur, décor polychrome en relief représentant sainte Madeleine ; à la partie supérieure, une tête d'ange. XVIIe siècle.

H. 0m44; L. 0m30.

2 — **Nevers.** Médaillon ovale en hauteur, décor polychrome représentant le buste de Louis XIV en relief.

H. 0m40; L. 0m34.

3 — **Nevers.** Plaque rectangulaire, décor polychrome représentant une chasse au cerf ; l'encadrement en relief est composé d'un rinceau camaïeu bleu. Première époque.

H. 0m28; L. 0m31.

4 — **Nevers.** Plaque rectangulaire, décor polychrome à sujet religieux, fleurs et oiseau à la partie inférieure une armoirie ; au revers l'inscription : *Explicantibus.*

5 — **Nevers.** Plat rond creux à large marli, décor camaïeu bleu ; au fond, deux personnages chinois dans un paysage. Le marli est composé de deux médaillons reliés par des rinceaux de personnages et ornements divers. Époque des Conrad.

Diam. : $0^{m}30$.

6 — **Nevers.** Assiette décor bleu, vert et jaune composé d'une Chinoise tenant un parasol, entourée de branchages fleuris et d'oiseaux voltigeant.

7 — **Nevers.** Grand Plateau rectangulaire à angles rentrants et anses torses sur quatre petits pieds, décor camaïeu bleu, composé de trois personnages et animaux dans un paysage.

H. $0^{m}31$; L. $0^{m}48$.

8 — **Nevers.** Grand Bénitier, décor polychrome en relief, composé du Christ en croix au pied de laquelle sont les saintes femmes. Époque Louis XIII.

9 — **Nevers.** Statuette de sainte Catherine, décor polychrome, sur socle quadrangulaire orné de trois chérubins.

H. $0^{m}50$.

10 — **Nevers.** Statuette de saint Pierre, décor polychrome, datée Saint Pierre Damau (1735).

H. $0^{m}42$.

11 — **Nevers.** Groupe l'*Education de la Vierge par sainte Anne*, décor polychrome.

H. 0^m36.

12 — **Nevers.** Deux Pièces : Statuette d'évêque et groupe des trois Enfants de saint Nicolas dans le baquet.

H. de la statuette 0^m38.

13 — **Nevers.** Paire de grands Cornets à huit pans, décor bleu et manganèse de personnages chinois dans un paysage et de lambrequins et ornements divers.

H. 0^m40.

14 — **Nevers.** Paire de Cornets octogones, décor bleu et manganèse de personnages chinois, rinceaux et ornements divers.

H. 0^m36.

15 — **Nevers.** Grand Cornet octogone avec bague à la partie inférieure, décor bleu et manganèse dans le goût chinois.

H. 0^m49.

16 — **Nevers.** Aiguière à panse, composée de douze facettes, décor bleu et manganèse dans le goût chinois. *Pièce très rare de forme.*

H. 0^m35.

17 — **Nevers.** Grande Bouteille à long col et à double renflement, riche décor bleu et manganèse dans le goût chinois.

H. 0^m40.

18 — **Nevers.** Potiche couverte, sur piédouche. décor bleu et manganèse de personnages chinois, lambrequins et cinq réserves de fleurs.

H. 0^m36.

19 — **Nevers.** Potiche ovoïde sur piédouche, décor bleu et manganèse formé de quatre médaillons lobés renfermant un personnage chinois dans un paysage, de fleurs et ornements divers.

H. 0^m32.

20 — Hanap avec son couvercle, décor camaïeu bleu composé sur une face d'une chasse au lion et sur l'autre face de deux personnages se donnant le bras.

H. 0^m26.

21 — **Nevers.** Fontaine ronde sur piédouche avec anses formées par des têtes de béliers, décor bleu et manganèse de grands bouquets de fleurs, lambrequins et ornements divers. (Le couvercle n'est pas le sien).

H. 0^m37.

22 — **Nevers ou Saint-Jean-du-Désert.** Vase sur piédouche à col tuyauté et anses verticales formées par des figures chimériques ailées, au-dessous desquelles sont des mascarons, décor camaïeu bleu de personnages, animaux, fleurs et ornements divers.

H. 0^m31.

23 — **Nevers.** Potiche octogonale sur piédouche et son couvercle, décor bleu et trait manganèse de personnages dans un paysage dans le goût chinois.

H. 0^m49.

24 — **Nevers.** Gourde de forme aplatie avec mascarons, passants et coulants, décor camaïeu bleu de grands bouquets de fleurs.

H. 0^m30.

25 — **Nevers** Petite Bouteille forme gourde, décor camaïeu bleu de fleurs, feuillages et ornements divers.

H. 0^m23.

26 — **Nevers.** Petite Potiche à deux renflements, décor blanc et jaune sur fond gros bleu.

H. 0^m15.

27 — **Nevers.** Bouteille à huit pans, décor bleu et manganèse chinois.

H. 0^m32.

28 — **Nevers.** Potiche sur piédouche, décor camaïeu bleu de personnages chinois, arbustes et ornements divers.

H. 0^m27.

29 — **Nevers.** Cache-Pot avec anses formées par deux gros mascarons, décor bleu et manganèse composé de deux grands médaillons renfermant des sujets chinois.

H. 0^m20; Diam. 0^m26.

30 **Nevers.** Cache-Pot avec anses formées par deux gros mascarons, décor polychrome composé de deux grands médaillons renfermant des paysages.

H. 0m20; Diam, 0m26.

31 — **Nevers.** Cache-Pot godronné à anses verticales formées par des dauphins, décor bleu et manganèse dans le goût chinois.

H. 0m20; Diam. 0m22.

32 — **Nevers.** Bouteille à trois renflements, décor bleu et manganèse de personnages, fleurs et ornements dans le goût chinois.

H. 0m21.

33 — **Nevers.** Flambeau à tige et base quadrangulaires, décor camaïeu bleu.

H. 0m17.

ANCIENNES FAIENCES DE ROUEN

34 — **Rouen.** Très grand Plat rond, décor bleu et rouille ; au fond, rosace entourée d'un grand ornement de fleurons, guirlandes et motif de ferronnerie, le marli est couvert d'un large lambrequin. *Beau plat marqué de la fleur de lys.*

Diam. 0m56.

35 — **Rouen.** Très grand Plat rond, décor camaïeu bleu; au fond, cul-de-lampe entouré d'une bande ornementale, le marli est composé d'un lambrequin.

Diam. 0^{m}55.

36 — **Rouen.** Très grand Plat rond, décor presque semblable au précédent.

Diam. 0^{m}55.

37 — **Rouen.** Plat à bords relevés, décor bleu et rouge; au fond, cul-de-lampe ; sur les bords, large bande de cartouche quadrillés et fleurs et feuillages sur fond bleu ; il est décoré extérieurement d'un joli lambrequin. *Belle qualité.*

Diam. 0^{m}34.

38 — **Rouen.** Grand Plat à bords contournés, décor polychrome à la corne tronquée.

Diam. 0^{m}44.

39 — **Rouen.** Grand Plat rond à bords contournés, décor polychrome à la double corne.

Diam. 0^{m}44.

40 — **Rouen.** Petit Plat, décor polychrome à la corne.

Diam. 0^{m}26.

41 — **Rouen**. Plat à bords contournés, décor polychrome en plein, composé de cinq personnages dont un cavalier et un dans une barque au milieu de grands branchages fleuris et ornements divers dans le goût chinois.

Diam. $0^{m}34$.

42 — **Rouen.** Plat oblong à bords découpés, décor polychrome à la pagode.

H. $0^{m}31$; L. $0^{m}44$.

43 — **Rouen**. Plat ovale à bords contournés, décor polychrome en plein, composé de deux personnages, pagodes, arbustes fleuris, oiseau et ornements divers dans le goût chinois.

H. $0^{m}28$; L. $0^{m}39$.

44 — **Rouen.** Plat ovale en hauteur à bords contournés, décor polychrome dit : A la gargouille.

H. $0^{m}35$; L. $0^{m}26$.

45 — **Rouen**. Plat ovale à bords contournés, décor polychrome; au fond, cartouche rocaille, le marli est composé de petits quadrillés et motifs de ferronnerie.

H. $0^{m}26$; L. $0^{m}35$.

46 — **Rouen**. Grand Plat à barbe, décor polychrome; au fond, corbeille fleurie. Le marli est composé de guirlandes, lambrequins, coquilles et motifs de ferronnerie.

H. $0^{m}33$; L. $0^{m}41$.

47 — **Rouen**. Bannette, décor polychrome en plein composé de trois personnages dans un paysage avec balustrade, fleurs, feuillages, oiseau et ornements divers dans le goût chinois. *Belle qualité.*

H. 0m22 ; L. 0m33.

48 — **Rouen**. Bannette, décor bleu et rouge brique composé de trois personnages chinois et arbustes.

H. 0m23 ; L. 0m23.

49 — **Rouen**. Bannette, décor bleu et rouille ; au fond, grand cul-de-lampe composé d'une corbeille fleurie, de guirlandes, d'oiseaux et motif de ferronnerie ; sur le bord et à la chute grand lambrequin, cartouches quadrillés et fleurons.

H. 0m28 ; L. 0m41.

50 — **Rouen**. Bannette, décor polychrome à la pagode de Guillibaux.

H. 0m25 ; L. 0m37.

51 — **Rouen**. Assiette, décor bleu et rouille ; au fond, chiffres enlacés surmontés d'une couronne, de chaque côté voltige un amour, le marli est couvert d'un joli lambrequin de fleurons, coquilles et motif de ferronnerie.

52 — **Rouen**. Assiette entièrement couverte d'un joli décor rayonnant camaïeu bleu.

53 — **Rouen.** Assiette, décor camaïeu bleu ; au fond, deux amours forgerons, le marli et la chute sont composés de fleurons, cartouches et coquilles.

54 — **Rouen.** Assiette, décor bleu et rouille; dans le fond, cul-de-lampe ; au marli et à la chute se trouvent un large lambrequin de fleurons, cartouches quadrillés et coquilles.

55 — **Rouen.** Compotier octogone, décor polychrome en plein composé de quatre personnages chinois au milieu de grands roseaux fleuris, au bord, petit galon avec quadrillés noirs sur fond jaune et réserves de fleurs. *Très belle qualité.*

Diam. $0^{m}24$.

56 — **Rouen.** Assiette à bords contournés, décor polychrome; au fond, armoirie tenue par deux anges, avec inscriptions en latin, le marli est couvert de branchages fleuris et papillons.

57 — **Rouen.** Assiette à bords contournés, décor polychrome ; au fond, cartouche rocaille, chiffre surmonté d'une couronne de comte, sur le marli, ornements de quadrillés verts, fleurs et feuillages.

58 — **Rouen.** Assiette à bords contournés, décor polychrome dit à la haie fleurie.

59 — **Rouen**. Compotier dentelé, décor polychrome à la corne.

Diam. 0m25.

60 — **Rouen**. Deux petits Compotiers à bords dentelés, décor polychrome à la corne.

Diam. 0m22.

61 — **Rouen**. Compotier à bords dentelés, décor polychrome à la haie fleurie.

62 — **Rouen**. Compotier dentelé, décor polychrome au carquois.

63 — **Rouen** Deux Compotiers octogones, décor polychrome ; au fond, corbeille fleurie. Le bord et la chute composés de guirlandes, pendentifs, quadrillés et motifs de ferronnerie.

Diam. 0m21.

64 — **Rouen**. Deux Compotiers octogones, décor polychrome à la pagode ; au bord, bande quadrillée avec réserves renfermant une crevette.

Diam. 0m22.

65 — **Rouen**. Compotier à bords contournés, décor polychrome à la corne tronquée.

Diam. 0m25.

66 — **Rouen**. Deux Assiettes, décor polychrome à la pagode ; le marli est composé d'une bande

quadrillée avec réserves renfermant des fleurs de sainfoin.

Diam. 0^m24.

67 — **Rouen**. Deux Assiettes à bords contournés, décor polychrome dit à la haie fleurie.

Diam. 0^m25.

68 — **Rouen**. Compotier à bords contournés, décor polychrome à la corne.

Diam. 0^m25.

69 — **Rouen**. Six Assiettes à bords contournés, décor polychrome au carquois. *(Sera divisé.)*

Diam. 0^m25.

70 — **Rouen**. Sept Assiettes à bords contournés, décor polychrome à la corne tronquée. *(Sera divisé.)*

Diam. 0^m25.

71 — **Rouen**. Trois assiettes à bords contournés décor polychrome à la corne.

72 — **Rouen**. Deux Assiettes à bords contournés, décor polychrome, au fond, corbeille fleurie le marli et la chute sont composés de lambrequins, coquilles, quadrillés et fleurons. *Pièces rares, très chaud de coloris.*

Diam. 0^m25.

73 — **Rouen**. Assiette décor polychrome, corbeille fleurie au fond, le marli est composé,

d'une large bande de fleurs, feuillages et ananas sur fond gros bleu.

Diam. $0^{m}24$.

74 — **Rouen**. Assiette décor polychrome; corbeille fleurie au fond, le marli et la chute sont composés de guirlandes, cartouches, motifs de ferronnerie et ornements divers.

Diam. $0^{m}24$.

75 — **Rouen**. Assiette décor polychrome, au fond barrière et fleurs de sainfoin; le marli est formé d'une large bande de quadrillés avec réserves de fleurs.

Diam. $0^{m}24$.

76 — **Rouen**. Grande Soucoupe de tasse trembleuse ou de moutardier décor polychrome de fleurs, quadrillés et rinceaux.

Diam. $0^{m}18$.

77 — **Rouen**. — Potiche à huit pans avec couvercle, décor camaïeu bleu de grands lambrequins et pendentifs.

H. $0^{m}44$.

78 — **Rouen**. Potiche forme ballon, décor bleu de vases de fleurs, d'oiseaux, rinceaux et ornements divers dans le goût chinois.

H. $0^{m}30$.

79 — **Rouen.** Grand vase octogonal, forme Médicis, avec mascarons et godrons, décor camaïeu bleu de lambrequins et ornements divers.

H. 0m41.

80 — **Rouen.** Paire de cornets forme rouleau, décor camaïeu bleu de grands lambrequins et pendentifs.

H. 0m29.

81 — **Rouen.** Petit Cache-Pot à oreilles plates, décor polychrome composé de deux personnages chinois, de balustrades et d'arbustes fleuris.

H. 0m10; Diam. 0m12.

82 — **Rouen.** Petit Cache-Pot à oreilles plates, décor polychrome à la pagode.

H. 0m10. Diam. 0m11.

83 — **Rouen.** Vase cylindro-conique, décor polychrome de fleurons, guirlandes et cartouches quadrillés, sur la face armoirie camaïeu bleu.

H. 0m17.

84 — **Rouen.** Deux Porte-Huiliers, décor polychrome de fleurs, grenades et papillons. *(Seront vendus séparément.)*

H. 0m07. L. 0m24.

85 — **Rouen.** Paire de jardinières appliques à cinq

pans, décor bleu et rouge de lambrequins, fleurons et quadrillés.

H. 0m11. L. 0m21.

86 — **Rouen**. Soupière ronde à oreilles plates, le bouton du couvercle est formé d'un serpent; décor polychrome composé de personnages chinois, barrières, fleurs et oiseaux.

Diam. 0m23.

87 — **Rouen**. Jardinière-Papeterie rectangulaire à deux compartiments, décor polychrome de bouquets de fleurs, signée Gardin.

H. 0m15. L. 0m22.

ANCIENNES FAIENCES FRANÇAISES

De diverses fabriques

88 — **Apt**. Porte-huilier ajouré sur quatre pieds, faïence marbrée fond jaune; il est accompagné de deux burettes en cristal taillé.

L. 0m23. H. 0m09.

89 — **Choisy-le-Roi**. Louche terre de pipe, décoré en camaïeu vert, d'un bouquet de fleurs et filets.

90 — **Les Islettes.** Assiette à bords contournés, décor polychrome; au fond Chinois fumant une pipe ; sur le marli papillons et mouche.

91 — **Les Islettes.** Sucrier couvert à plateau adhérent de forme oblongue décor polychrome de personnages chinois et fleurs.

92 — **Lille.** Plateau à huit pans et bords festonnés, décor polychrome; au fond, cul-de-lampe formé d'une corbeille fleurie et ornements de ferronnerie, le bord et la chute sont composés d'un lambrequin de fleurs, fruits et feuillages. Marqué F. L.

H. 0m22. L. 0m26.

93 — **Lille.** Plateau de même forme et de même décor que le numéro précédent mais plus petit.

H. 0m20. L. 0m23.

94 — **Marseille.** Quatre tasses à café et leurs soucoupes, décor polychrome de fleurs de la veuve Perrin. Marque V. P.

95 — **Marseille.** Petit Plateau oblong avec anses verticales, décor polychrome de fleurs de la veuve Perrin.

H. 0m16; L. 0m24.

96 — **Marseille.** Cuillère à saupoudrer, le manche en forme de branchage; décor polychrome.

97 — **Marseille.** Assiette à bords déchiquetés, décor polychrome; grand Chinois, arbuste fleuri, oiseau et papillons.

98 — **Marseille**. Assiette à bords contournés, décor polychrome ; au fond deux personnages chinois et arbustes, le marli est composé d'un galon brun avec quatre réserves de fleurs et de petites guirlandes.

99 — **Marseille**. Assiette à bords contournés, décor polychrome de bouquets de fleurs.

100 — **Moustiers.** Plat ovale à bords découpés, décor camaïeu bleu. d'après Bérain.

L. $0^{m}36$. H. $0^{m}28$.

101 — **Moustiers**. Plat oblong à bords découpés, décor camaïeu bleu, d'après Bérain.

H. $0^{m}31$. L. $0^{m}40$.

102 — **Moustiers**. Saucière à deux anses et son plateau, décor polychrome de bouquets de fleurs.

103 — **Moustiers**. Deux Assiettes à bords contournés, décor polychrome, l'une avec guirlandes au marli, et l'autre décorée de bouquets de fleurs et papillons.

104 — **Moustiers.** Cache-Pot cylindrique avec anses formées par des mascarons, décor polychrome d'animaux fantastiques au milieu d'un semis de branchages fleuris.

Diam. $0^{m}22$ H. $0^{m}20$.

105 — **Moustiers.** Quatre Assiettes à bords contournés, décor polychrome de Ferrat, avec personnages, arbustes et feuillages dans le goût chinois.

106 — **Pré d'Auge.** Socle en forme de rocher semi-circulaire avec lézards, grenouilles, serpents. écrevisses en terre vernissée, jaspée, polychrome.

H. 0m38. L. 0m38.

107 — **Pré d'Auge.** Deux Animaux de l'Apocalypse sur socle, terre vernissée, jaspée, polychrome.

H. 0m18. et 0m20.

108 — **Saint-Amand.** Deux Plats ronds décorés en camaïeu bleu d'un paysage avec pêcheur et deux personnages dans une barque, le marli est composé d'ornements et fleurs en banc sur blanc.

Diam 0m37.

109 — **Saint-Amand.** Assiette même décor que les plats précédents.

110 — **Saint-Omer,** Vase sur piédouche et anses torses, décor blanc dans le goût chinois sur fond gros bleu.

H. 0m27.

111 — **Sceaux.** Deux petites Caisses carrées sur quatre pieds, décor polychrome, composé de

personnages chinois dans le goût de Leprince, de bouquets de fleurs et ornements divers.

H $0^{m}11$.

112 — **Sceaux.** Sucrier à plateau adhérent et son couvercle de forme oblongue, décor camaïeu rose d'oiseaux et fleurs.

113 — **Sceaux.** Petit Plateau de forme oblongue à oreilles, décor polycrome de bouquets de fleurs.

114 — **Sceaux.** Plat rond, décor polychrome, au fond cul-de-lampe composé d'un vase de fleurs et ornements, le marli est formé d'une large bande de médaillons et feuilles vertes sur un fond de rayures roses.

Diam $0^{m}28$.

115 — **Strasbourg.** Paire de Cache-Pot côtelés à anses verticales, décor polychrome de bouquets de fleurs.

H $0^{m}15$ Diam. $0^{m}17$.

116 — **Strasbourg.** Deux Plateaux ovales avec marlis ajourés, décor polychrome de bouquets fleuris de Joseph Hanong, marqués au revers H 860.

117 — **Varages.** Plat ovale à bords contournés, décor polychrome, composé de nombreux personnages, habitation, pins, bateaux et bouquets de fleurs.

L. $0^{m}38$. H. $0^{m}29$.

118 — **Varages**. Assiette à bords festonnés, décor polychrome composé de deux amours dans un paysage, au marli quatre bouquets de fleurs et feuillages.

119 — **Varages**. Porte-Huilier sur quatre pieds, décor polychrome de fleurs sur fond jaune.

L. 0m23. H. 0m10.

ANCIENNES FAIENCES DE DELFT

120 — **Delft**. Garniture de trois pièces : une Potiche couverte et deux Bouteilles à huit pans côtelées, décor polychrome de lambrequins, médaillons renfermant un dauphin, fleurs et ornements divers. *Belle qualité*.

H. de la Potiche 0m26.
H. des Bouteilles 0m23.

121 — **Delft**. Potiche couverte côtelée à huit pans, décor polychrome de lambrequins, fleurs, oiseaux ornements divers. *Très jolie pièce*.

H. 0m39.

122 — **Delft**. Potiche, décor polychrome, composé de quatre compartiments renfermant des fleurs, séparé par des bandes quadrillées, à la partie supérieure; lambrequin et ornement divers. Cette pièce est la reproduction exacte d'une potiche chinoise.

H. 0m28.

123 **Delft.** Paires de Potiches, décor polychrome de barrières fleuries, oiseaux et lambrequins avec quadrillés.

H. 0m28.

124 — **Delft.** Garniture de trois pièces composé d'une Potiche avec son couvercle et de deux Bouteilles, décor polychrome d'amours et oiseaux au milieu de grands branchages, de fleurs et de rinceaux, marquées A P K. *Riche coloris.*

H. de la Potiche 0m37.
H. des Bouteilles 0m31.

125 — **Delft.** Paire de Potiches, décor polychrome, perroquets, grands branchages et haies fleuries.

H. 0m26.

126 — **Delft.** Paire de Potiches même décor que les précédentes, mais plus petites.

Diam. 0m23.

127 — **Delft.** Potiche à huit pans, côtelée, décor camaïeu bleu de lambrequins, grands bouquets de fleurs et ornements divers. Cercles en étain à la base et au col.

H. 0m31.

128 — **Delft.** Potiche décor bleu et manganèse de nombreux personnages chinois, lambrequins et ornements divers.

H. 0m28.

129 — **Delft.** Paire de Potiches, décor polychrome, composé de quatre grands médaillons renfermant des pagodes, oiseaux et ornements divers, sur fond bleu.

H. $0^{m}27$.

130 — **Delft.** Garniture de trois petites Pièces : une potiche et deux cornets à pans coupés, décor polychrome de personnage chinois et fleurs dans un médaillon rocaille en relief.

H. $0^{m}14$.

131 — **Delft.** Potiche ovoïde, décor camaïeu bleu, composé de trois grands médaillons renfermant un paon et grands branchages de fleurs et feuillages, ces médaillons reliés par des bandes ornementales.

H. $0^{m}34$.

132 — **Delft.** Deux Potiches avec couvercles, décor polychrome de haies fleuries, oiseaux et ornements divers.

H. $0^{m}40$.

133 — **Delft.** Potiche ovoïde, décor camaïeu bleu, composé de nombreux personnages, animaux et ornements divers dans le goût chinois.

H. $0^{m}36$.

134 — **Delft.** Paire de petites Potiches et leurs couvercles, décor polychrome composé de trois médaillons renfermant des paysages dans le goût chinois.

H. $0^{m}25$

135 — **Delft.** Potiche décor camaïeu bleu, composé de réserves de fleurs, mascarons et ornements divers. *Belle qualité.*

H. 0m26.

136 — **Delft.** Potiche décor polychrome de lambrequins, fleurs, oiseaux, balustrades et ornements divers d'Adrien Pinacker. Marquée APK.

H. 0m24.

137 — **Delft.** Potiche décor camaïeu bleu, composé d'un grand lambrequin, pagodes, fleurs et oiseaux d'Adrien Pinacker. Marqué APK.

Monture bronze doré.

138 — **Delft.** Petite Potiche plate, décor polychrome de fleurs et ornements en relief.

H. 0m15.

139 — **Delft.** Potiche à huit pans, décor polychrome d'un semis de fleurs.

H. 0m22.

140 — **Delft.** Bouteille à long col, décor camaïeu bleu d'oiseaux, fleurs, rinceaux et ornements divers. Marquée AK.

H 0m26.

141 — **Delft.** Paire de Bouteilles à trois renflements et à huit pans, décor camaïeu bleu de nombreux personnages, lambrequins et ornements divers dans le goût chinois.

H. 0m28.

142 — **Delft.** Bouteille à huit pans côtelée, décor polychrome de lambrequins, rinceaux, barrières, oiseaux et arbustes fleuris. *Belle qualité.*

H. 0m28.

143 — **Delft.** Deux Bouteilles, décor polychrome différent (mais pouvant se faire pendant) d'enfant, lambrequins, fleurs et ornements divers. *Belle qualité.* Elles sont montées en lampes.

H. 0m30.

144 — **Delft.** Petite Bouteille, décor polychrome de grands branchages fleuris, oiseaux et ornements divers.

H. 0m21.

145 — **Delft.** Bouteille, décor bleu et manganèse de personnages chinois, arbustes, lambrequins et ornements divers.

H. 0m24.

146 — **Delft.** Paire de Bouteilles coupées à huit pans, décor camaïeu bleu de personnages chinois, arbustes et lambrequins.

H. 0m23.

147 — **Delft.** Bouteille à long col, sur piédouche, décor bleu et manganèse de personnages chinois et ornements divers.

H. 0m32.

148 — **Delft.** Bouteille à long col, décor bleu et manganèse, composé de nombreux personnages dans un paysage, lambrequins et ornements divers.

H. 0m 28.

149 — **Delft.** Paire de Bouteilles coupées, décor bleu et manganèse de personnages chinois dans un paysage, lambrequins et ornements divers.

H. 0m 25.

150 — **Delft.** Paire de Cornets, décor polychrome de grands bouquets de fleurs.

H. 0m 30.

151 — **Delft.** Paire de petits Cornets, décor polychrome composé de deux grands médaillons renfermant des pagodes et oiseaux reliés par des ornements sur fond bleu.

H. 0m 19.

152 — **Delft.** Cornet forme balustre très évasé, décor bleu sur fond manganèse, composé de quatre femmes figurant la Fortune, grands lambrequins et bouquets de fleurs.

H. 0m 32.

153 — **Delft.** Cornet à huit pans de forme droite, décor bleu et manganèse de personnages et ornements dans le goût chinois.

H. 0m 25.

154 — **Delft.** Vase octogonal élancé, à col étroit, décor bleu et manganèse, de personnages, arbustes et ornements dans le goût chinois.

H. 0m37.

155 — **Delft.** Vase forme balustre, décor bleu et manganèse, composé de quatre personnages chinois dans un paysage et ornements divers.

H. 0m28.

156 — **Delft.** Cache-Pot cylindrique côtelé, avec anses formées par des mascarons, décor camaïeu bleu d'Adrien PINACKER, composé d'un très grand lambrequin et bouquets de fleurs. Marqué APK

Diam. 0m23. H. 0m 20.

157 — **Delft.** Petit Cache-Pot forme Médicis, décor camaïeu bleu composé de personnages, quadrillés, arbustes et rinceaux de feuillages.

Diam. 0m 11. H. 0m 15.

158 — **Delft.** Paire de Cache-Pot forme Médicis, décor camaïeu bleu, semblable au N° précédent.

H. 0m 18.

159 — **Delft.** Vase à deux anses, sur piédouche, décor camaïeu bleu de personnages et arbustes dans le goût chinois.

H. 0m25.

160 — **Delft.** Cache-Pot cylindrique à anses torses, décor camaïeu bleu de lambrequin, fleurs et ornements divers. Marqué A K.

161 — **Delft.** Petite Jardinière de forme ronde, avec anses, sur trois pieds, décor polychrome de pagodes, quadrillés, arbustes et ornements divers. Marqué \E.

162 — **Delft.** Perroquet sur une terrasse, décor polychrome.

H. 0m 18.

163 — **Delft.** Porte-Huilier formé par un âne sur une terrasse et son bât, décor polychrome.

H. 0m 17.

164 — **Delft.** Deux Théières côtelées dont une sans couvercle, décor polychrome composé de lambrequins, fleurs et ornements divers.

165 — **Delft.** Beurrier rond formé d'un brochet se mordant la queue, couvercle composé d'un brochet avalant un petit poisson. Décor polychrome.

166 — **Delft.** Boîte à thé de forme quadrangulaire, décor de barrières, grands branchages avec fleurs, oiseaux et ornements divers.

H. 0m 15.

167 — **Delft.** Deux Beurriers et leurs dessous, décor vert simulant un chou. Les couvercles

sont formés par un brochet avalant un petit poisson. En haut-relief.

168 — **Delft.** Deux Perroquets perchés dans leurs cerceaux. Décor polychrome. *(Seront vendus séparément.)*

169 — **Delft.** Plaque carrée à angles rentrants, décor polychrome composé d'un grand personnage chinois, une balustrade et grands branchages fleuris.

170 — **Delft.** Plaque carrée à angles rentrants, décor polychrome composé de balustrades, haies fleuries, oiseaux et animal fantastique.

171. — **Delft.** Petite Plaque avec bordure et coquilles en relief, décor polychrome composé d'un médaillon avec deux personnages et mouton dans un paysage camaïeu bleu. Ce médaillon est entouré de fleurs et ornements sur fond jaune orangé.

H. 0m23. L. 0m25.

172 — **Delft.** Grand Plat rond, décor camaïeu bleu composé au fond d'un grand médaillon renfermant cinq oiseaux et des fleurs. Le marli est formé de rinceaux de fleurs et feuillages.

Diam. 0m40.

173 — **Delft.** Grand Plat rond, décor bleu violacé,

composé de personnages, barrière et ornements divers dans le goût chinois.

Diam. 0m40.

174 — **Delft.** Grand Plat rond, décor camaïeu bleu composé de nombreux personnages chinois, fleurons et ornements divers.

Diam. 0m39.

175 — **Delft.** Deux Plats ronds, décor polychrome. Variante du décor dit : *Au Tonnerre.*

Diam. 0m38.

176 — **Delft.** Plat rond, décor polychrome, grand personnage chinois, barrière et branches de fleurs ; six réserves et quadrillés.

Diam. 0m36.

177 — **Delft.** Plat rond, décor polychrome, gros perroquet perché sur un branchage fleuri.

Diam. 0m35.

178 — **Delft.** Plat rond, décor polychrome ; au fond, trois perdrix, insectes et roseaux fleuris ; le marli est composé de lambrequins et guirlandes.

Diam. 0m34.

179 — **Delft.** Plat rond, décor polychrome, perroquet sur un cercle ; au bord, galon jaune.

Diam. 0m34.

180 — **Delft.** Plat rond, décor polychrome, personnages chinois, barrière et fleurs dans un médaillon; au marli, cinq réserves de fleurs reliées par des bandes bleues.

Diam. 0^m31.

181 — **Delft.** Plat rond, décor polychrome composé d'un perroquet perché sur une balustrade entourée de grands branchages fleuris et ornements divers.

Diam. 0^m31.

182 — **Delft.** Plat rond, décor polychrome dit au tonnerre.

Diam. 0^m31.

183 — **Delft.** Plat rond, décor polychrome composé d'un grand médaillon renfermant un perroquet et des fleurs et feuillages; le marli est formé de six rayons quadrillés et de fleurs.

Diam. 0^m31.

184 — **Delft.** Plat rond, décor polychrome et or composé de deux personnages, balustrade, table, vase fleuri et ornements dans le goût japonais. Marqué au revers APK.

Diam. 0^m30

185 — **Delft.** Petit Plat, décor polychrome, variante du décor au tonnerre.

Diam. 0^m26.

186 — **Delft.** Petit Plat, décor polychrome; au fond, grand blason avec les initiales W. W. VD. B.; le marli est couvert d'un rinceau de fleurs et oiseaux. Daté de 1763.

Diam. 0m26.

187 — **Delft.** Petit Plat, décor polychrome; au fond, rosace entourée de fleurs en enroulements; le marli est couvert de motifs fleurdelisés.

Diam. 0m27.

188 — **Delft.** Petit Plat, décor aux trois perdrix, semblable au précédent mais plus petit.

Diam. 0m26.

189 — **Delft.** Quatre Assiettes, décor polychrome; même décor que le n° précédent.

190 — **Delft.** Petit Plat rond, décor polychrome et or; au fond, écusson armorié surmonté d'une couronne, entouré d'un motif à enroulement; le marli est composé de quadrillés et lambrequins.

Diam. 0m26.

191 — **Delft.** Petit Plat rond, décor camaïeu bleu de fleurs, feuillages et oiseaux; à la partie supérieure se trouve une armoirie en bleu et jaune, marquée VE.

192 — **Delft.** Quatre petits Plats, décor camaïeu

bleu d'Adrien PYNACKER, composé de deux personnages chinois, balustrade, table, oiseaux et branchage fleuris. Marqués APK.

193 — **Delft.** Assiette, décor polychrome; au fond, grand bouquet de fleurs; le marli est composé de trois autres bouquets. *Belle qualité.*

194 — **Delft.** Assiette, décor polychrome; au fond, oiseau et branchages fleuris; le marli est composé de quatre bouquets de fleurs et quatre papillons.

195 — **Delft.** Deux Assiettes à bords découpés, décor camaïeu; au fond, corbeille de fleurs; le marli et la chute sont composés d'un lambrequin.

196 — **Delft.** Assiette à bords découpés, entièrement couverte d'un décor camaïeu bleu représentant une grande vasque de fleurs; le marli est composé de rinceaux, de fleurs et feuillages.

197 — **Delft.** Deux Assiettes, décor camaïeu bleu composé d'un grand médaillon renfermant des arbustes chargés d'oiseaux; au bord, bande d'ornements avec cinq réserves de fleurs.

198 — **Delft.** Assiette, décor camaïeu bleu; au fond vase fleuri; le marli est composé de coquilles, fleurons et feuillages.

199 — **Delft.** Deux grandes Assiettes, décor camaïeu bleu ; au fond, grand médaillon renfermant deux perroquets, vases fleuris et ornements divers; le marli est formé d'un grand lambrequin.

Diam. $0^m 25$.

200 — **Delft.** Deux grandes Assiettes, décor camaïeu bleu; au fond, grand médaillon renfermant un paon, branchages fleuris et papillons; le marli est composé de fleurs et feuillages sur fond bleu.

Diam. $0^m 25$.

201 — **Delft.** Quatre Assiettes, décor polychrome, dit aux cœurs ou à la croix de saint André, sur fond vert.

202 — **Delft.** Assiette, décor polychrome, dit au tonnerre.

203 — **Delft.** Assiette, décor polychrome; au fond, vase de fleurs; le marli est composé de lambrequins et quadrillés.

204 — **Delft.** Assiette, décor polychrome; au fond, grand médaillon renfermant un paon et des branchages fleuris, relié au bord par des fleurons et ornements divers.

205 — **Delft.** Assiette à bords dentelés, décor polychrome sur fond vert clair, composé d'un grand bouquet de fleurs.

206 — **Delft.** Deux Assiettes, décor camaïeu bleu; au fond, grand médaillon entouré d'un lambrequin renfermant quatre oiseaux et arbuste; le marli est décoré de réserves de fleurs reliées par des quadrillés.

207 — **Delft.** Deux Assiettes, décor camaïeu bleu, sujets bibliques.

208 — **Delft.** Deux Assiettes décorées en polychrome : au marli, d'un lambrequin; dans le fond, couplets grivois en camaïeu bleu.

209 — **Delft.** Assiette, décor chinois bleu et manganèse dans le goût des faïences nivernaises.

210 — **Delft.** Dix Assiettes, décors polychromes variés. (Sera divisé.)

ANCIENNES FAIENCES ÉTRANGÈRES

de diverses fabriques.

211 — **Allemagne.** Potiche à huit pans sur piédouche, décor polychrome composé d'oiseaux, grands branchages, fleurs et ornements divers, dans le goût des faïences de Delft.

H. 0m35.

212 — **Bayreuth.** Assiette, décor camaïeu bleu sur fond bleuté, composé au fond de deux

anges tenant un écusson armorié, le marli est formé d'un rinceau de fleurs et ornements divers. Marquée au revers : M F.

213 — **Castel-Durante.** Vase de pharmacie, forme rouleau, décor polychrome, XVIe siècle.

H. 0m21.

214 — **Milan.** Deux petits Plateaux oblongs, décor polychrome de vase fleuri, bouquets, quadrillés rouge et ornements divers.

L. 0m25. H. 0m17.

215 — **Pesaro.** Paire de Cache-Pot, décor polychrome de guirlandes de fleurs suspendues par des nœuds.

H. 0m14.

216 — **Trévise.** Plat rond à bords découpés, décor polychrome, au fond, enfant tenant un drapeau au milieu d'ornements rocailles, vase et arbustes, le marli est composé de quadrillés et branchages fleuris.

Diam. 0m31.

217 — **Italie.** Plateau oblong à bords découpés en faïence italienne, décor camaïeu bleu, au fond, corbeille de fleurs, le marli est formé d'un lambrequin.

H. 0m23. L. 0m28.

218 — **Hispano-Moresque.** Plat rond creux, décor jaune métallique sur fond chamois, composé d'un grand oiseau, œillets et feuillages.

Diam. 0m38.

219 — **Hispano-Moresque.** Ecuelle ronde à oreilles plates, décor jaune métallique sur fond chamois, au fond un monogramme.

Diam. 0m15.

220 — **Hispano-Moresque.** Trois pièces : Bassin rond creux et deux Coupes sur piédouche, décor d'ornement jaune métallique sur fond chamois.

221 — **Nuremberg.** Onze pièces Plaques et Frontons en terre vernissée polychrome et verte avec sujets en relief. Ces plaques proviennent de poêles. Sera divisé.

222 — **Nuremberg.** Deux Bas-Reliefs en hauteur, décor vert-brun et jaune, composé d'une femme couronnée formant gaine. Terre vernissée du XVIe siècle.

H. 0m60. L. 0m17.

ANCIENNES PORCELAINES ÉTRANGÈRES

de diverses fabriques.

223 — **Chelsea.** — Écritoire en ancienne porcelaine tendre, décor polychrome, formé d'un panier à anse avec fleurs et feuillages en haut relief, les godets et leurs couvercles ont la forme d'une pomme. *Pièce très rare.*

224 — **Saxe.** Deux Plaques creuses (fragments) décorés de sujets de personnages Louis XV, dans un joli paysage. Cadres en peluche verte.

225 — **Chine**. Potiche, décor polychrome composé de nombreux personnages dans un paysage avec barrière, vases de fleurs et arbustes.

H. ᵐo35.

226 — **Chine**. Grand Cornet, décor polychrome de mandarins dans un paysage.

H. oᵐ43.

227 — **Chine. Compagnie des Indes**. Soupière et son plateau de forme hexagonale, décor polychrome et or de personnages, fleurs, oiseaux et ornements divers.

228 — **Chine.** Plat creux, décor polychrome et or,

au fond, vase fleuri dans un médaillon relié au bord par des ornements de fleurs et oiseaux.

Diam. 0m28

229 — **Chine.** Dix Assiettes, décor polychrome représentant la tour de Nankin, animal fantastique et ornements divers.

230 — **Chine et Japon.** Douze pièces: neuf Assiettes et trois Compotiers, décors polychromes variés.

231 — **Japon.** Petite Potiche couverte en ancienne porcelaine, décor bleu, rouge, vert et or; le bouton du couvercle est formé d'une chimère.

H. 0m26.

232 — **Japon.** Soupière ronde sur piédouche avec anses plates, décor polychrome et or composé de bouquets de fleurs et quadrillés.

Diam. 0m17.

OBJETS DIVERS

233 — **Plomb.** Frise en bas-relief composée de seize personnages : la Mise au tombeau, en plomb avec belle patine bronzée. *Superbe*

pièce du XVIe *siècle, d'une conservation parfaite.*

L. 0^m70. H. 0^m25.

234 — **Bois.** Groupe de douze personnages représentant la Mise au tombeau, en bois sculpté peint en polychrome et traces de dorure. *Très jolie pièce du* XVe *siècle.*

H. 0^m65. L. 0^m40 P. 0^m22.

235 — **Cuivre**. Bassin ovale,godronné avec anses ; cuivre rouge repoussé.

L. 0^m50. L. 0^m35.

236 — **Cuivre.** Bassin ovale, godronné avec anses, cuivre repoussé.

L. 0^m60. L. 0^m38.

237 — **Cuivre.** Deux grands Plats ronds en cuivre jaune repoussé. Gothiques.

238 — **Cuivre**. Deux Plats ronds en cuivre repoussé. Gothiques.

239 — **Grès.** Petite cruche en grès de Raeren, décorée d'un semis de rosaces, entourée de petites perles sur fond bleu.

H. 0^m22.

240 — **Verre.** Sucrier couvert et son Plateau, de forme ovale, en cristal taillé et ornements dorés. Époque Louis XVI.

241 — **Verre**. Deux Plateaux ronds, à bords découpés, en cristal taillé, décorés en or de personnages, d'arbustes et de guirlandes. Époque Louis XVI.

Diam. 0^m25.

242 — **Verre**. Deux Confituriers ronds, en verre, de l'Époque Louis XVI.

243 — **Verre**. Gourde de forme aplatie avec nervures et fleurs en relief.

244 — Sous ce n°, objets omis au catalogue.

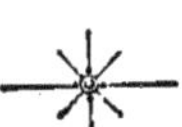

www.ingramcontent.com/pod-product-compliance
Ingram Content Group UK Ltd.
Pitfield, Milton Keynes, MK11 3LW, UK
UKHW021030180726
13838UKWH00004B/1713